L 3
m
2294

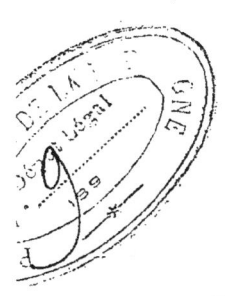

COURBON

OU

CORBON DE SAINT-GENEST

(FOREZ)

BERGERAC

IMPRIMERIE GÉNÉRALE DU SUD-OUEST

1894

D'azur, à la fasce d'or chargée de 3 étoiles de gueules, accompagnées de 4 croissants d'argent posés 3 en chef et 1 en pointe.

COURBON

ou

CORBON DE SAINT-GENEST

(Normandie et Forez)

———— ❦ ————

LES traditions de la famille *Courbon* ou *Corbon* de Saint-Genest, la font venir dans les hautes montagnes qui séparent les anciennes provinces du Velay et du Forez au XIVe siècle, avec un cadet d'une famille noble de Normandie, qui y aurait épousé l'héritière du petit fief de Faubert, encore possédé par ses descendants et aujourd'hui connu sous le nom des Gaux.

Quoi qu'il en soit de cette origine assez difficile à prouver, il est certain que dès 1400, les Courbon occupaient déjà une place honorable dans la bourgeoisie locale, rang qu'ils n'ont jamais perdu, au moins pour les deux principales branches de la famille, les Courbon du Balay et les Courbon de Pleney, qui séparées à la fin du XIVe siècle, au troisième degré connu avec certitude, sont encore représentées.

L'auteur commun était Antoine, ou Jamet Courbon, notaire royal, que l'on trouve en 1486 vivant à Saint-Genest-Malifaux avec son petit-fils, marié à Jeanne N... On le trouve cité dans plusieurs actes, entre autres dans un acte de partage, de 1473, où lui et son frère Pierre, font remise entre les mains de Mariette du Balay, leur sœur de mère, beaucoup plus jeune qu'eux, de sa dot et de sa légitime, à l'occasion de ses fiançailles avec Jacques Blanchon de la Blache.

C'est également cet acte de 1473 qui nous permet de connaître le nom du père de Pierre et d'Antoine Courbon; il s'appelait aussi Antoine, avait été notaire royal, et était né vers 1400, et très probablement un peu avant. Cette antiquité d'origine avec habitation ininterrompue au même lieu, et les nombreux rameaux secondaires dont la trace n'a pu être suivie, expliquent la fréquence du nom de Courbon sur les deux versants de la montagne qui sépare Saint-Etienne d'Annonay, où il occupe, comme cela est facile à comprendre, à peu près tous les degrés de l'échelle sociale.

La branche des Courbon de Pleney, dont nous nous occuperons exclusivement, resta dans le notariat et fournit

plusieurs juges à la châtellenie et baronnie de *la Faye en Fourest*, dont dépen-
dait Saint-Genest.

Au milieu du xvie siècle, le château
de la Faye fut brûlé pendant les guerres
de religion, par un détachement de
troupes protestantes que commandait
Coligny. Dès lors la Faye qui ne fut
plus rebâti perdit beaucoup de son
importance et Saint-Genest devint le
véritable chef-lieu de la baronnie, d'au-
tant que les seigneurs étant absents,
toute l'autorité demeura concentrée entre les mains des juges-châtelains qui
résidaient dans ce gros bourg.

En 1581, André Courbon de Pleney,
sieur de la Trappe, exerça une charge
de judicature anoblissante, celle de secrétaire de la reine douairière Isabelle,
ou Elisabeth d'Autriche, veuve de
Charles IX, mais il périt assassiné en
1596 sans laisser d'héritiers. Il était de
la sixième génération. Son frère Barthélemy, Ier du nom, lui succéda comme
chef de la famille. Il fut greffier de la
baronnie de la Faye et laissa dix enfants
de son mariage avec une de ses cousi-
nes de la branche des Courbon du
Balay, et fut l'auteur de la septième
génération, dont voici les principaux
représentants :

1. Guillaume, mort curé et chanoine
de l'église d'Annonay;

2. Claudine (1599-1616), morte en

odeur de sainteté au couvent de Sainte-
Catherine de Sienne de l'ordre des
Carmélites où elle était religieuse. Sa
vie a été écrite dans la Vie des Saints et
des Bienheureux de l'ordre des Frères
Prêcheurs, recueillie par Thomas de
Sorèges, religieux du même ordre au
couvent du faubourg Saint-Germain à
Paris, imprimée avec privilège du roi,
à Amiens, en 1689. Parmi les miracles
qu'on lui attribue après sa mort il faut
citer la guérison de son frère aîné
qu'une surdité avait empêché de rester
dans l'ordre des Jésuites ;

3. Antoine, religieux Chartreux, né
en 1605, mort à Rome. Ce fut, dit-on
un peintre d'un certain mérite ;

4. Les autres enfants ou moururent
jeunes ou entrèrent en religion, à l'ex-
ception de Barthélemy II, qui suit.

VII. — Barthélemy II Courbon de
Pleney (1602-1687), marié trois fois
d'abord à Claudine Courbon, sa cousine
dont il n'eût pas d'enfants, puis à Jeanne
des Olmes, en 1633, qui mourut en
1662 ; il épousa dans sa vieillesse, vers
1677, Marie de la Fayette, dont il eu
peut-être des enfants. Ce mariage sénile
ne fut jamais reconnu par ses autres
enfants, qui traitaient leur belle-mère
comme une aventurière. Ce qu'il y a de
certain c'est qu'elle était veuve, et que
le nom de la Fayette ne paraît pas être

le sien, mais celui d'un premier mari
dont elle avait une fille qu'elle s'efforça
vainement de faire épouser à l'un de
ses beaux fils.

Barthélemy II fut avocat aux cours
de Lyon. En 1658, un arrêt du 15 mars
de la Cour des Aides, le déchargea de
la taille « attendu sa qualité de maître
des requestes de la Royne », charge
qu'il exerça probablement à Paris, car
il y fut aussi avocat au Parlement. De
là date l'anoblissement de la famille, et
non pas, comme le dit Latour-Varan, de
l'une des deux charges de secrétaire du
roi que posséda son fils Jean, qui suit.

Il est d'ailleurs à remarquer que son
petit-fils posséda aussi une charge de
secrétaire du roi, qui n'était nullement
exclusive de l'anoblissement préexistant
et constaté.

VIII. — Jean Courbon des Gaux,
écuyer (1650-1725) est le seul des trois
enfants de Jeanne des Olmes dont la
postérité se continua. Il était docteur
en droit et devint lieutenant civil et
criminel, garde du Scel et peut-être
aussi Président de l'élection de Saint-
Etienne. Il acheta en 1711 une charge
de secrétaire du roi de laquelle Latour-
Varan fait venir l'anoblissement de sa
famille. Latour-Varan se trompe aussi
dans l'ordre de ses mariages. Il épousa
d'abord Marguerite Bernoud en 1678,

puis Marianne Dumarest en 1682, enfin
Claudine Pourrat ou Porral en 1696.

De sa première femme il eut deux
jumeaux dont Claudine Courbon des
Gaux seule se maria. Elle eut trois enfants de Jean-Joseph Blachon de Ville-
bœuf, écuyer, lieutenant particulier,
assesseur civil et criminel au bailliage
et sénéchaussée de Forez.

Jean eut de son troisième mariage
Jean-Louis, qui suit.

IX. — Jean-Louis Courbon des Gaux,
qualifié noble (1697-1759) fut avocat au
Parlement de Paris en 1722 et lieutenant au Conseil souverain d'Alsace,
résidant à Colmar; le 7 avril 1742 il
acheta au comte de Chaste de Clermont
et de Roussillon, au prix de 47,750 livres
« la baronnie, seigneurie et terre de la
Faye en Forez, avec justice moyenne et
basse ». Le 12 mai, M. des Gaux associa
à son acquisition son ami Antoine
Chovet de la Chanse, comte de Che-
vrière, et les deux familles portèrent le
titre de cosgrs baron de la Faye jusqu'en
1785 où Antoine de Saint-Genest ra-
cheta la totalité et devint seul titulaire.
En attendant, le siège de la seigneurie
fut définitivement transporté à Saint-
Genest dont le nom remplaça celui des
Gaux pour la branche aînée de la famille.

Jean-Louis Courbon des Gaux épousa

en 1722 Magdeleine-Agathe Bérardier, née en 1701, morte en 1739, fille de Claude Bérardier, conseiller du roi, subdélégué de l'intendance, écuyer, et d'Agathe de Colomb, dont il eut : 1. Agathe-Madeleine; 2. Claude-Jean-François, qui suit; 3. Antoine, dit l'abbé du Ternet, qui eut une carrière assez brillante, fut chanoine de la cathédrale de Chartres, archidiacre de Blois, grand vicaire, et, comme tel, chargé de la rédaction du bréviaire du diocèse de Chartres, confesseur de Madame Louise de France, à qui il fit faire sa profession de foi religieuse; depuis 1771 abbé de l'abbaye royale de Chaage, de l'ordre de Saint-Augustin, à Meaux. Jeune encore il fit, à l'occasion d'un grand procès qu'eut à soutenir son neveu, Antoine de Saint-Genest, des recherches historiques sur le droit de mi-lods en Forez et en Velay qui ont fait écrire à M. de Latour-Varan : « Le volume où il a résumé ses recherches est un trésor de sciences, de savantes recherches, et l'on ne peut croire qu'un seul homme ait pu lire tant d'ouvrages pour en tirer ce qui pouvait être utile au procès. » Ce mémoire est fort recherché et atteint des prix élevés dans les ventes publiques; 4. Louis Courbon des Gaux d'Hauteville qui mourut prêtre associé à N.-D. de Saint-Etienne; 5. Jean-Louis Courbon des Gaux de la Bastie, mort jeune;

6. Marie-Rose qui épousa Louis Le More, écuyer; 7. 8. deux enfants morts en bas âge; 9. Jean-François Courbon de Pérusel, écuyer, né en 1731, d'abord tuteur de son neveu Antoine de Saint-Genest, il alla ensuite épouser en Bretagne Jeanne-Perrine-Vincente Legogal de Toulgoët, dans le bailliage et sénéchaussée de Carhaix, où sa descendance s'est éteinte dernièrement, dans la famille de Rouxeau de Rosencoat; 10. autre Jean-François Courbon de Montviol, né en 1732, épousa Jeanne-Marie Chambeyron, en 1756. Sa descendance a fourni un aquafortiste d'un certain mérite, connu à Lyon sous le nom du chevalier de Montviol, et une victime aux canonades de Lyon, sous la Terreur. Elle s'est éteinte dans la famille Jourda de Vaux, et en dernier lieu en la personne de la marquise de Leusse; 11. Madeleine, morte jeune; enfin, 12. Claude-François Courbon de Faubert, docteur en médecine, dont le dernier rejeton est mort vers 1860, chanoine de la Primatiale de Saint-Jean, à Lyon.

X. — Claude-Jean-François Courbon de Saint-Genest, né en 1724, mourut d'une chute de cheval le 22 janvier 1752, laissant sa femme Marie Vincent, fille d'un échevin de Saint-Etienne, enceinte d'un fils Antoine, qui continue la filiation.

Catherine de Saint-Genest, l'aînée
des enfants de M. de Saint-Genest, née
en 1751, épousa en 1761 le chevalier du
Moncel (Antoine Boyer) dont la descendance vit encore.

XI. — Antoine Courbon des Gaux
de Saint-Genest, connu sous le nom de
baron de Saint-Genest, depuis le rachat
total de la seigneurie dont il portait le
nom, aux Chovet de la Chanse en 1785,
naquit dans les premiers jours d'avril
1752, fut émancipé en 1770, et mourut
en 1838. Il passa les plus mauvais jours
de la Terreur caché dans sa terre de
Saint-Genest, protégé par l'affection de
ses anciens vassaux, et aussi par la dif-
ficulté de l'accès dans ces montagnes
élevées de 1000 à 1400 mètres, et alors
à peu près impénétrables, aucune route
carrossable n'y existant. En 1787, d'après
les archives de Saint-Etienne, il fut pro-
cureur syndic pour la noblesse et le
clergé dans l'élection des députés aux
Etats Généraux; il fut ensuite élu, à la
fin de germinal an III, l'un des trois
administrateurs du département de la
Loire, puis envoyé par ses concitoyens
au Conseil des Cinq Cents, mais son
élection ne fut pas validée.

Antoine de Saint-Genest essaya de
changer son nom de Courbon en celui
de Corbon, comme répondant mieux
à l'ancien nom latin des actes « Corbo-

nus. » mais ses descendants sont revenus
à l'ancienne dénomination, les actes de
de l'état-civil ayant seuls jusqu'ici con-
servé trace de cette tentative.

Il avait épousé en 1775, Reine-Marie-
Hortense Daurier d'Olias du Fayt, fille
d'un avocat au parlement, écuyer, de-
meurant à Craponne. Elle était née en
1756 et elle mourut à Saint-Marcelin en
Forez en 1825. Ses enfants furent :

1. Marie-Antoinette-Sophie de Saint-
Genest (1776-1849), qui ne se maria pas ;

2. Louise-Antoinette-Gabrielle, qui
prit plus tard le nom d'Hortense, née
en 1778 ; elle épousa en 1802 Régis
Sanhard marquis de Sasselange dont
postérité ; 3. Louis, qui suit ; 4. Agathe-
Adèle, née en 1781, mariée en 1804 à
N... de Mazenod, dont postérité ; 5. Michel-Ange-Antoine, qui a fait la br. B.

XII. — Louis Courbon, baron de
Saint-Genest, né en 1779, fut un des
premiers élèves de l'École Polytechni-
que à sa fondation, entra dans les am-
bassades de 1802 à 1815. La Restauration
le jugea alors capable de remplir le
poste dificile de préfet de la Corse,
encore toute frémissante de l'équipée
napoléonnienne et il y reçut sa nomi-
nation de chevalier de la Légion d'hon-
neur en 1818, pour services exception-
nels rendus en Corse. Il était promu en
même temps à la préfecture de la Haute-

Marne à Chaumont; il donna sa démission à la suite des événements de 1830.

Il avait épousé en 1819 Blanche-Marie-Jeanne de Bernon, fille d'un trésorier de France au bureau des finances de Grenoble, dont il eut quatre enfants; 1. Antoinette, qui épousa Adolphe Gilet de Valbreuse, dont postérité; 2. Scipion, mort jeune; 3. Louis, qui suit; 4. Marie de Saint-Genest, née en 1834, qui épousa Arthur Lebas comte du Plessis, dont elle n'a pas d'enfants.

XIII. — Louis Courbon baron de Saint-Genest, épousa Sophie Amé de Saint-Didier, dont neuf enfants : 1. Pierre qui suit; 2. Antoine, né en 1854, établi dans l'Amérique du Sud où il est marié et père de deux enfants; 3. Marie, a épousé le baron de Ginestel; 4. Geneviève, mariée avec M. du Maroussem; 5-9 et cinq autres filles entrées aux Dames de la Retraite.

XIV. — Pierre Courbon baron de Saint-Genest, né le 29 juillet 1852, a épousé Mlle Gounelle, dont: 1. Louis; 2. Henri. — Résidence: Château de St-Genest, par St-Genest-Malifaux (Loire).

Br. B. — XII. — Michel-Ange-Antoine Courbon de Saint-Genest, plus connu sous le nom de Frédéric de Saint-Genest, né en 1784, mort en 1871. Il avait épousé Françoise-Gabrielle-Octavie Donin de Rosière, née en 1801, morte en 1885 ne laissant qu'un fils, Emile-Antoine, qui suit.

XIII. — Emile-Antoine Courbon de Saint-Genest, né en août 1825, mort en 1886, épousa, le 10 mai 1853, Sophie-Joséphine de Clavière, née en 1833, morte le 28 octobre 1893. (V. son article nécrologique dans le *Bulletin* de janvier 1894, col. 45-47, dans lequel nous avons annoncé la publication du présent travail.) Elle a laissé deux fils ; 1. Georges, qui suit ; 2. Max-Antoine, né en 1857, a épousé, le 5 avril 1894, Marie-Reyne Chamboduc de Saint-Pulgent, née en 1869. — Résidence : Château de la Plagne, par Veauches (Loire).

XIV. — Georges Courbon de Saint-Genest, né en 1854, a épousé en 1883 Thérèse-Elisabeth-Adrienne Puvis de Chavannes, dont : Edith, née le 23 septembre 1884. — Résidence : Château de Charmeilles, par Cuiseaux (S.-et-Loire).

La résidence actuelle du baron de Saint-Genest, représentant la branche aînée de la famille, a été élevée vers 1860, à trois kilomètres du bourg de Saint-Genest-Malifaux, et a onze cents mètres environ d'altitude, dans une position merveilleuse, par le baron Louis de Saint-Genest (XIIIᵉ degré), qui a cédé à la commune de Saint-Genest l'ancienne demeure seigneuriale pour y établir ses services publics, mairie, écoles et justice de paix.